Ferdinand Justi

Tag aus dem Leben des Konigs Darius

Antigonos

Ferdinand Justi

Tag aus dem Leben des Konigs Darius

Unveränderter Nachdruck der Originalausgabe von 1873.

1. Auflage 2024 | ISBN: 978-3-38633-795-3

Antigonos Verlag ist ein Imprint der Outlook Verlagsgesellschaft mbH.

Verlag: Outlook Verlag GmbH, Zeilweg 44, 60439 Frankfurt, Deutschland   info@outlook-verlag.de
Vertretungsberechtigt: E. Roepke, Zeilweg 44, 60439 Frankfurt, Deutschlan
Druck: Libri Plureos GmbH, Friedensallee 273, 22763 Hamburg, Deutschland

Ein Tag

aus dem

Leben des Königs Darius.

Von

Ferdinand Justi,

Professor in Marburg

Berlin, 1873.

C. G. Lüderitz'sche Verlagsbuchhandlung.

Carl Habel.

Darius, der Sohn des Hystaspes, ist nächst dem Stifter des
persischen Weltreichs, Cyrus, ohne Zweifel der begabteste Fürst
seiner Dynastie gewesen; während Cyrus kaum einen Augenblick
sein siegreiches Eroberungsschwert aus der Hand legen konnte, hat
Darius, obwohl im Anfang von der Niederwerfung verschiedener
Rebellionen in Anspruch genommen, doch Zeit gefunden, einen
auf geregelte Verwaltung begründeten Staat zu organisiren; per=
sische Große wurden Civilgouverneure der verschiedenen Provinzen
oder Satrapien, und neben ihnen sorgten Generale mit stehenden
Heeren dafür, daß sie ihre Gewalt nicht mißbrauchten; eine regel=
rechte, durch die Kosten der Staatsverwaltung geforderte Besteue=
rung trat an die Stelle der patriarchalischen Sitte, Geschenke an
den Hof zu bringen, und auf den großen durch Militäretappen
geschützten Straßen gingen neben den Handelskarawanen die königs=
lichen Posten, welche in kurzer Zeit in die entlegensten Orte die
Befehle des Herrschers zu tragen, und diesem Berichte über die
Vorgänge im Reich zu erstatten vermochten. Nicht allein aber,
weil Darius als das erste Beispiel eines wirklichen Staatslenkers
in Asien unser Interesse erweckt, will ich versuchen, denselben in
seiner königlichen Hofburg vorzuführen, sondern auch deßhalb, weil
wir über ihn die meisten authentischen Nachrichten besitzen, denn
er hat seine Thaten an verschiednen Orten seines Reichs in Keil=

inschriften der Nachwelt überliefert, welche sogar mehrfach mit seinem Bildniß geschmückt sind. — Es ist nun bekannt, wie während der Abwesenheit des Kambyses ein Magier oder medischer Priester die Herrschaft an sich riß, Kambyses aber auf der Rückkehr aus Aegypten starb, ohne einen Nachfolger zu hinterlassen, und wie Darius mit Hülfe von sechs persischen Großen den Usurpator stürzte und umbrachte und der Stifter einer zweiten Dynastie wurde, welche mit der Familie des Cyrus verwandt war und erst dem Schwert Alexanders des Großen erlag.

Um nun den König Darius umgeben von dem Pomp seiner Hofhaltung mit Muße betrachten zu können, denken wir uns etwa, der Zauberfürst von Glubbdubbdrib, der einst dem Gulliver die Schatten der Vorwelt aus dem Hades citirte, erwiese uns den=selben Gefallen mit dem alten Perserkönig und seiner Umgebung; oder wenn uns dieß Verfahren zu phantastisch erscheint, wird unser Abstractionsvermögen stark genug sein, uns selbst mit der ganzen Vorbildung der zweiten Hälfte des 19. Jahrhunderts etwa 2400 Jahre ins Alterthum zurückzuversetzen. Der Leser wird uns in=dessen verzeihen, wenn wir zuweilen aus der Rolle fallen und Beobachtungen einschalten, die ihn wieder erinnern, daß er im Jahr 1873 lebt. Wir wollen nun den an die Oberwelt citirten Herrscher gänzlich von Staatsgeschäften dispensiren und sehen ihn etwa an einem Festtag. Da es geeignet scheint, ihn auch in seiner heimathlichen Residenz zu beobachten, so wählen wir das Fest des Gottes Mithra, welches in die Zeit der Herbstaequinoc=tien fällt, denn alsdann hält der König in Persepolis Hof, wäh=rend er im Frühling in Susa, im Sommer in dem nördlicher gelegenen Ekbatana, im Winter in Babylon sich aufhält. In Per=sepolis hat sich Darius einen Palast erbaut, welcher noch in an=sehnlichen Trümmern vorhanden ist, während in Babylon nichts, in Susa nur die Reste einer Festhalle, in Ekbatana nur ein Säulensockel und ein paar Steine an ihn erinnern.

Um den Zutritt zur Person des Herrschers zu erhalten, denken wir uns etwa, ein entfernter König habe uns als Gesandte mit Geschenken an ihn abgeordnet, um ihm zur Ueberwindung der rebellischen Fürsten im Reich Glück zu wünschen. Lassen wir uns die weite Reise über die persische Königsstraße nicht verdrießen, denn wir werden am Ende derselben ein Schloß erblicken, welches noch in seinen Trümmern die Bewunderung aller Reisenden erweckt; auch laufen wir weniger Gefahr, geplündert oder todtgeschlagen zu werden, als heutzutage, wo man manche Strecken nur unter der Bedeckung von ein paar hundert Soldaten durchreisen kann. Wir gehn also über Meer nach Smyrna und betreten dann bei Sardes die Königsstraße, welche uns durch Kleinasien über Ninive und Arbela nach Susa führt; von hier wandern wir einen Bergpfad durch das Felsengebirge der Uxier in das sogenannte hohle Persien, das Thal des Araxes und Medus, in welchem dicht bei einander die Ruinen von Monumenten des Cyrus, Darius und Xerxes liegen. Wir überschreiten einen der Flüsse auf einer Brücke, in deren Nähe steile Hügel mit noch heute erhaltnen Spuren von Befestigungen und Wasseranlagen sich erheben, gelangen dann in die jetzt verödete Hauptstadt Stathra (Istakhr), die noch lange Zeit in der Periode des Islam einer der größten Orte der Persis war, und südöstlich von ihr erblicken wir einen künstlich geebneten Felsvorsprung oder Terrasse mit den Marmorgebäuden der Achaemeniden. Diese Terrasse gleicht einer rechtwinkeligen mehr langen als breiten Bastion, die sich hinten an das Gebirge anlehnt. Sie ist von unregelmäßigen aber genau aneinandergefügten Marmorquadern zuweilen von 15—17 Meter Länge in der sogenannten cyclopischen Bauart umkleidet und hat nahe an der nordwestlichen Ecke eine doppelte Freitreppe von schwarzem Marmor, welche der Reisende und Maler Sir Robert Ker Porter für die schönste in der Welt hält; sie ist so breit und hat so flache Stufen, daß bequem acht bis zehn Reiter nebeneinander hinaufreiten können. Wenn wir die Treppe erstiegen haben, erhebt sich sogleich vor uns die sogenannte Pforte, welche der Nachfolger des Darius erbaute. Es war ein quadratisches Gebäude, mit Thüren auf drei Seiten, im Innern trugen vier sehr hohe Säulen das Dach, welches blau gemalt und mit Sternen geziert war; die Pfosten der beiden in der Richtung der Treppe liegenden Thore stehn noch und sind mit je zwei Stieren und Sphinxen — Stieren mit Menschenhäuptern und Adlerschwingen — in hohem Relief geschmückt. Gehn wir durch das dritte Thor dieser Pforte, indem wir auf unserm Wege von der Treppe her rechtsum machen, so gelangen wir über eine Fläche, welche ehemals mit Gartenanlagen bedeckt war, vor die sogenannten Vierzig Säulen, eine von Xerxes errichtete Halle, welche auf drei Seiten von Portiken umgeben war und einen großen Festsaal bildete. Die eigentliche Halle wurde von 6mal 6 Säulen getragen, während jeder Portikus deren 2mal 6 hatte, so daß also 72 Säulen das Holzdach getragen haben. Der größte Theil derselben ist jetzt umgestürzt; der älteste europäische Reisende sah im Jahr 1621 noch 25 Säulen, jetzt stehen noch 13. Das Gebäude liegt höher als die Pforte und man erreicht es wiederum mittelst einer doppelten Treppe, deren Wände durchaus mit Sculpturen, der Abbildung eines Festzugs geschmückt sind. Hinter dieser Halle liegt wieder etwas höher der Palast des Darius, und weiterhin der des Xerxes. Eine sehr große Halle liegt dann noch mehr nach dem Gebirge hin, abseits von der Reihe der genannten Gebäude, welche sämtlich dicht am Rand der Terrasse nach der Ebene hin errichtet sind. Von dieser Halle, welche zu großen Audienzen, zum Empfang der Gesandten, als Thronsaal diente, stehen noch sämtliche steinerne Thür- und Fensterrahmen, und man erkennt an den noch in der Erde steckenden Steinen, daß sie von hundert Säulen getragen wurde. Wir vermögen die Erbauer der meisten Gebäude durch die Inschriften zu bestimmen, und der Zweck derselben geht aus den noch erhal-

tenen Reliefen hervor: an den Eingängen finden wir stets Bilder
von Leibgarden eingemeißelt, an den Thüren der königlichen Woh=
nung erscheint der König mit dem Schirmträger, an den Pfosten
des Thronsaals sitzt er auf dem Thron, im Speisesaal des Palastes
sehn wir Diener abgebildet, welche Wildbret oder Schüsseln zur
Tafel tragen.

Wir betreten nun den etwas umständlichen Weg, eine Audienz
zu erhalten, da der König heute am Mithrafest im Hundert=Säulen=
Saal seinen Thron besteigt. Die Cerimonien am Hof des persi=
schen Königs waren umständlicher Natur. Seine Eigenschaft als
Gott gestattete nur selten ihn von Angesicht zu sehen, und dann
stets umgeben vom Glanz seines Hofes. Er wird nicht wie der
römische Caesar erst nach dem Tode unter die Götter versetzt, son=
dern schon bei Lebzeiten gilt er für ein überirdisches Wesen; er
wird als der wohlthätige Gott abgebildet, wie er einem Ungeheuer,
dem Sinnbild der bösen Schöpfung das Schwert in den Leib bohrt.
Schon bei den Aegyptern heißt der Pharao Gott; in Ninive ist
ein Bild des Königs Sardanapal I. entdeckt worden, vor welchem
ein Altar steht; in Babylon wurde der eintretende Fremde ge=
nöthigt, ein goldnes Bild des Königs anzubeten; die parthischen
und sasanischen Könige nennen sich selbst 'von göttlichem Geschlecht',
oder 'Brüder des Mondes', und ihre Unterthanen reden von ihren
gottgleichen Herren; noch im 16. Jahrhundert wurden die Könige
von Georgien mit einem Nimbus oder Heiligenschein, dem Urbild
der goldnen Zackenkrone, abgebildet. Wie der Gott Mithra un=
zählige Augen und Ohren hat, mit denen er alles in der Welt
erkennt, so umgeben den König zahlreiche Augen und Ohren, die
freilich mehr von Polizeidienern als von den Gott begleitenden
Engeln an sich haben.

Wir müssen, ehe wir die Erlaubniß erhalten, diesem Erden=
gott gegenüber zu treten, die äußersten Wachen der Burg bitten,
unser schriftliches Gesuch an den König gelangen zu lassen. Diese

Wachen sind auserlesene Perser, welche ein goldgesticktes falten=
reiches Gewand und goldne Ketten um den Hals tragen. Sie
führen Speere oben mit einer Metallspitze, unten mit einem gold=
nen Granatapfel, sowie Bogen und Pfeile; sie haben an verschied=
nen Stellen der Hofburg ihre Wachtstuben und halten namentlich
die Treppenaufgänge des Palastes und die Vorhalle des Thron=
saales besetzt. Sie erhalten keinen Sold, sondern Verpflegung,
und werden täglich auf Kosten des Königs gespeist. Einer dieser
Wachen ruft einen sogenannten Boten, deren sich stets mehrere
vor den Thoren aufhalten, und dieser händigt das Schreiben einem
Pförtner oder Thürsteher ein, der es zum König bringt.
Dieser Pförtner ist indessen nicht ein gemeiner Portier, sondern
ein persischer Großer, der sich vor den Zimmern des Königs zur
Entgegennahme von Befehlen aufhält, und hier verharrt, bis er
vom König entlassen wird. Der Bote bringt uns den königlichen
Bescheid zurück. Ist nun Darius auf dem mit Teppichen belegten
Weg von seiner Wohnung in die Audienzhalle geschritten, so nimmt
uns der von den Griechen so genannte Chiliarch Rhanospates,
wie einst Tithraustes den Konon, an der Hand und führt uns
durch die hohe Thür in die Halle. Da wir das Unglück haben,
als Barbaren die Sprache der Keilinschriften nicht zu verstehn,
müssen wir uns von einem der Dolmetsche begleiten lassen,
deren es am Herrschersitz des vielzungigen Reiches eine große An=
zahl gibt. Unsere Würde als Gesandte und die Gesellschaft des
Chiliarchen flößt den Wachen soviel Ehrfurcht ein, daß sie ihre
Speere präsentiren, und zwar gerade wie preußische Grenadiere,
mit dem kleinen Unterschied, daß die persischen Krieger die rechte
Hand oben, die linke unten ans Gewehr legen. Im entferntesten
Grund der Halle steht der Thron des Königs auf einer hohen
Bühne oder Estrade, woran wir in mehreren Reihen übereinander
Repräsentanten der unterworfnen Völker abgebildet sehen, welche
die Bühne zu tragen scheinen. Die Kanten der Bühne sind als

Beine oder Füße behandelt, bestehend aus einem der Säulenbasis nachgebildeten Untertheil, auf welchem eine Löwenklaue ruht, die nach oben in einen aus mehreren Wulsten gebildeten Stamm ausläuft. Auf den Ecken der Estrade stehn schmale Stangen, die einen Baldachin tragen, dessen babylonisches Gewebe mit dem Sinnbild der Gottheit, einer geflügelten Scheibe, und zwei Reihen von Stieren und Löwen gestickt ist. Unter diesem Himmel steht auf der Bühne der Thronsessel. Die Stuhlbeine bestehen wie die Kanten der Estrade aus übereinander liegenden Wulsten, Löwen= branken und Säulensockel; die hohe Lehne steht wie bei unsern Großvaterstühlen senkrecht, und der Sitz ist so hoch, daß die Füße des Königs nicht auf die Erde, sondern auf einen goldnen Schemel zu stehn kommen. Sitz und Lehne sind mit Teppichen belegt. Der Typus des Thronsessels ist altüberliefert und findet sich schon in Aegypten und Assyrien. Der König Salomo ließ sich einen Thron von Elfenbein anfertigen und mit Gold überziehen; er hatte sechs Stufen und an den Lehnen waren Löwen angebracht, wie wir solche im Grab Ramses III. an ägyptischen Thronsesseln wahrnehmen. Die letztern zeigen auch gefangne Feinde an den Seiten des Stuhles. Homer erwähnt die Schemel als zum Thron gehörig und Vließe, welche auf den Sitz gespreitet werden. Die griechischen Schriftsteller sprechen öfter von dem goldnen Thron des Perserkönigs, und bei Curtius wird Alexander's Leiche auf einen goldnen Stuhl gesetzt; der Thron war daher wie der des Salomo mit Gold überzogen.

Ein Porträt des Darius, und gewiß das, welches am meisten auf Aehnlichkeit Anspruch hat, ist an dem von ihm vollendeten Canal aus dem Nil ins rothe Meer gefunden worden; es ist von einem ägyptischen Künstler verfertigt, und da wir schon in sehr alter Zeit ganz individuell ausgeprägte Porträts von Pharaonen besitzen, so dürfen wir annehmen, daß auch jenes Bild am Suez= canal die Züge des Darius wiedergibt, während auf den Monumenten in Persien sein Kopf conventionell ist und sich von den Abbildungen andrer Herrscher nicht deutlich unterscheidet. Der Kopf ist in Profil und zeigt eine lange mit der Stirn in Einer Linie liegende Nase, einen etwas vortretenden Mund und ein tiefliegendes ernstes Auge. Wir sehn den König und die vornehmen Perser sorgfältig frisirt, das Haupthaar liegt in senkrechten Löckchen über dem höchsten Theil der Stirn, und am Hinterkopf quillt es gekräuselt unter der Kopfbedeckung hervor. Der Bart ist gleichfalls in Locken angeordnet. Der König besitzt mehrere Kopfbedeckungen. Auf den Reliefen in Persepolis erscheint er mit einem Diadem, einem breiten Reif, mit etwas erhabnem obern Rand; man hat an den Sculpturen Metallstifte bemerkt, welche dazu gedient haben, ein Goldblech an dem Stein zu befestigen, wo der Künstler das Diadem gemeiselt hatte. Wir wissen indessen aus den Alten, daß es noch andern Kopfschmuck gab. Sie legen dem persischen König eine Tiara (auch mit asiatischen Ausdrücken Kyrbasia oder Kidaris genannt) bei, die wir bereits auf den assyrischen Sculpturen sehn. Die Tiara war ein kegelförmiger Hut von blauer oder purpurner Farbe, welcher nach Art eines Turbans von einem weißen Schleier umwunden war, der auch Diadem genannt wird. Die Tiara aber wird bei späteren Schriftstellern als eine Kopfbedeckung beschrieben, welche die Schläfe und den Mund verhüllte, und so finden wir auf dem berühmten pompejanischen Mosaik den König der Perser mit einer solchen Tiara oder Haube bedeckt, die über den Hut gezogen ist und das Kinn umhüllt, und ebenso zeigen die Denkmäler der Parther diese Kopfbedeckung. Der jetzige Schah von Persien trägt einen cylindrischen Hut mit Gold und Steinen besetzt, der genau der Krone gleicht, welche das Menschenhaupt der persepolitanischen Sphinxe schmückt; wir dürfen daher annehmen, daß auch diese Form der Krone bereits im Alterthum existirt hat. An die persische Königskrone knüpft sich ähnlich wie an das Schmuckkästchen des Darius eine

Legende. Der armenische Geschichtschreiber Schapuh († 818) er=
zählt, der Feldherr des Königs David, Joab, nahm dem König
der Ammoniter die Krone und krönte mit ihr den David (2. Sa=
muel 12, 30); Salomo, Rehabeam, Abiam und alle Könige von
Juda schmückten mit ihr das Haupt; Nebukadnezar führte den
letzten König von Juda sammt der Krone nach Babylon und ver=
erbte letztre auf seine Nachfolger; dann kam sie an Cyrus und
sein Haus, und Alexander nahm sie dem König Dareh (Darius
Kodomannus); sie war dann im Besitz des Antiochus, der von
Arsaces besiegt wurde, und kam an die Parther und die beiden
ersten Sasaniden. Sapor I., der Zeitgenosse Constantins, wurde
von letzterem ersucht, die Krone zur Anfertigung einer zweiten
nach ihrem Modell nach Byzanz zu senden. Eine Gesandtschaft
brachte wirklich die Krone, Constantin ließ eine ganz gleiche an=
fertigen und vertauschte sie dann mit der echten, so daß die per=
sischen Gesandten, welchen, wie der Geschichtschreiber sagt, die gött=
liche Vorsehung die Augen verblendete, die nachgeahmte nach Hause
trugen. Sie sei bis auf diesen Tag (also bis ins 9. Jahrhundert)
im Palast, und die Kaiser trügen sie am weißen Sonntag.

Wir sehn den Darius von einem bis auf die Füße wallenden
faltenreichen, weitärmeligen, durch Spangen aufgenommen Pur=
purkleid umhüllt, einer sogenannten medischen Stola; es ist
mit Goldstickereien und Steinen besetzt; Q. Curtius erwähnt am
Kleid des Perserkönigs goldgestickte Habichte, Philostratus aber
seltsame Thiere, wahrscheinlich persische Sphinxe. Man hat an
einem Relief in Persepolis bemerkt, daß der Bildhauer die Umrisse
von Rosenornamenten punctirt hat, offenbar damit der Maler die=
selben mit Goldfarbe von dem Purpur des Kleides unterscheiden
sollte. Unter diesem medischen Kleid trägt der König einen meer=
purpurnen Rock mit einem weißen Streif vom Hals bis an
den untern Saum, von einem Gürtel umschlossen. Die Perser,
und zwar Männer und Frauen, tragen die den Griechen fremden

Beinkleider, die beim König carmoisinroth sind. An die Bein=
kleider schließen sich safrangelbe Schuhe mit Absätzen und Schnä=
beln wie bei den Etruskern. Die Sandalen, wie sie die assy=
rischen Könige trugen, waren keine persische Tracht, da in den Ge=
birgen mit Wald und Dorngestrüpp der Fuß einen kräftigeren
Schutz bedarf. Außer der Krone bezeichnet die königliche Würde
auch ein langer goldner Stab oder Scepter, ursprünglich ein
Zeichen der richterlichen Gewalt, welches wir im alten Testament
in der Hand der Richter finden und welches ohne Zweifel in den
ältesten Zeiten dazu diente, die vor den Richter gebrachten Frevler
sogleich kurzer Hand abzustrafen, wie in der Ilias Odysseus dem
Thersites mit Hülfe des Scepters blutige Striemen über den Rücken
schlägt, und auch im zweiten Psalm der Messias mit ehernem
Scepter die Feinde wie ein thönernes Gefäß zerschmettert. In der
linken trägt der König auf den Sculpturen von Persepolis einen
Blumenstrauß, wie es scheint von Lotusblüthen; die vor ihm
erscheinenden Perser aber haben statt dessen eine Granatblume
oder eine kleine duftende Melone, wie dieß noch heute Gebrauch
in Persien ist. Da auch die Gottheit der Perser mit einem Strauß
abgebildet wird, so hat derselbe gewiß eine religiöse Bedeutung,
und gerade der Lotus erscheint in der Hand der asiatischen und
ägyptischen Aphrodite, und der junge Gott des Tages sitzt in Aegyp=
ten auf einer Lotusblume. Daß ein reicher Schmuck von Gold
dem König der Könige nicht fehlt, versteht sich von selbst; ergaben
doch außer den Schatzhäusern der asiatischen Könige auch zahl=
reiche Minen im Reich, die zum Theil noch heute berühmt sind,
Gold, Silber, Türkise, Lapis lazuli, und die Bänke des persischen
Meeres werthvolle Perlen in großer Menge. So trägt der
König einen goldnen Siegelring zum Untersiegeln der Erlasse,
goldnen Ohrschmuck und goldne Halsketten und Armbänder,
und man veranschlagte den Werth des königlichen Geschmeides
zur Zeit des höchsten Luxus auf 12000 Talente oder funfzehn

Million Thaler. Noch der jetzige Schah von Persien ist bei feier=
lichen Audienzen so sehr mit Perlen, Diamanten und Smaragden
überschüttet, daß seine Erscheinung fast wie ein einziger Lichtstrahl
das Auge blendet (Ker Porter, Travels I, 325), ein Luxus, der
freilich mit der Lage der hungernden Unterthanen in keinem er=
freulichen Contrast steht. Wenn wir noch hinzufügen, daß der
König mit einer Salbe aus Helianthus mit Löwenfett gekocht und
mit Crocus und Palmwein vermischt seinen Körper einreibt, so
haben wir die wichtigsten Punkte seiner Toilette aufgezählt.

Wir müssen uns nun die Umgebung des Königs ansehen.
Den Schirmträger, welcher ihn auf seinen Ausgängen ins
Freie begleitet, hat er in der schattigen Halle unter dem Baldachin
nicht nöthig, jedoch fehlt nicht ein Diener mit dem Fliegen=
wedel, welcher das ahrimanische Geschmeiß fernzuhalten hat.
Auch trägt ein Diener ein kostbares Tuch, welches von Wohlge=
rüchen duftet, um die Nerven des königlichen Riechorgans von
Zeit zu Zeit zu erquicken. Vor dem Schemel des Throns sind
zwei silberne Rauchgefäße aufgestellt, welche ein Diener mit
wohlriechendem Pulver von Myrrhen, Stakte, Weihrauch u. a.
versieht.

Zunächst am Thron links steht der Bogenträger des Da=
rius, Gobryas, und der Pfeilträger Aspathines; der erstere war
einer der sechs Gefährten des Königs beim Sturz des Usurpators;
und die fünf andern, welche wir aus Herodot und einer Keilin=
schrift kennen, schließen sich diesen an und bilden den Chor der
Sieben Fürsten, die den Herrscher umgeben wie die Erzengel
oder Amschaspand den Thron des Gottes Oromasdes. Ihnen
gegenüber, rechts vom Thron, ist der Platz der sieben Hofämter;
hier stehen der General der Leibgarden, der Oberkeller=
meister, der Obermarställer Dibares, der Oberjägermeister,
unter welchem die Falkoniere und andere Jagdbeamte stehn, der
Oberkämmerer, der Garderobemeister oder Truchseß; der

siebente unter ihnen, der Chiliarch, ist im Augenblick mit der Ein=
führung der Fremden beschäftigt. Auf derselben Seite wie die sieben
Fürsten, weiter vom Thron entfernt, sind die Inhaber der sieben
Staatsämter postirt: der Hazarapet oder Großvezir, der
Kanzler oder Finanzminister, der Minister des Innern,
ferner das Haupt der Priesterschaft, der Archimobed, der sich durch
sein weißes Kleid und die Abwesenheit jeglichen Schmucks auszeichnet
und als Emblem seiner Würde einen langen Stab trägt; ferner
der königliche Geheimsecretär, das Haupt der Schreiber und
Vorleser, welche nicht nur die Edicte in verschiedenen Sprachen
des Reiches verfassen und die Duplik in das Reichsarchiv nieder=
legen, sondern auch — und dieß ist besonders das Amt ihres
Chefs — Reichsannalen zu schreiben haben, welche in einem
Thurm in Ekbatana (oder wie es im alten Testament heißt, Ach=
metha) deponirt wurden; noch der Geograph Istakhri (im 10.
Jahrhundert) berichtet, daß die Magier im Schlosse Dschiz per=
sische Geschichtsbücher aufbewahrten. Endlich stehn hier noch der
Schatzmeister oder Bewahrer des königlichen Schmuckes, und der
Intendant der Kornspeicher. Diesen Staatsbeamten gegen=
über ist eine Abtheilung der Leibgarden aufgestellt mit einem
Hauptmann, der eine Streitart in der Hand trägt. Vorn vor
dem Thron endlich steht mit zwei Beamten der Inhaber der höch=
sten Würde des Reiches, Ariamenes der Kronaufsetzer, der bei
den Parthern Surena, bei den Armeniern Thagadir heißt. Der
Surena der Parther, eine Art von Connétable oder Feldmarschall,
war ein so wichtiger Mann, daß auf Feldzügen tausend Kameele
seine Bagage und zweihundert bedeckte Wagen seinen weiblichen
Hofstaat führten, und daß er bei Hof die Tiara mit drei Perl=
schnüren tragen durfte. Auch Leute, welche sich um den König
verdient gemacht haben, erhalten einen Titel, der sie berechtigt,
an Hof zu erscheinen, ja eine Classe derselben ernennt der König
zu Verwandten und begnadigt sie an der Tafel Theil zu nehmen.

Wir treffen im Audienzsaal auch einige Satrapen, welche zur Feier des Festes die Reise nach Persepolis gemacht haben, und einige Fürsten, welche im Verhältniß von Vasallen stehn, wie den Syennesis von Kilikien, der später in der Schlacht bei Salamis fiel (Aeschylus Perser 326), und den Bödeschech von Albanien. Das Personal des Hofes ist hiermit noch lange nicht erschöpft; denn wir finden innerhalb der Burgmauern noch zahlreiche Eunuchen oder Kämmerer als Dienstthuende im Frauengemach, Kammerdiener, welche den König an- und auskleiden und deren einer ihn jeden Morgen wecken muß mit den Worten 'erhebe dich, König, und gedenke der Geschäfte, welche dir nach dem Willen Gottes auferlegt sind'; ferner Verkündiger der Stunden, Besorger der Gäste, Marställer, sogar Aufseher der Hunde, welche vornehme Perser sehr zahlreich halten und sich oft aus entlegenen Ländern, wie aus Indien kommen lassen, eine Liebhaberei, welche durch die Religion selbst unterstützt wird, die den Hund mehrere abergläubische Rollen spielen läßt. Sehr wichtig für den König ist auch ein guter Arzt, und er läßt sich gern auswärtige Heilkünstler kommen, welche sehr angesehene Männer an Hof wurden. Die persische Medicin konnte mit der ägyptischen und griechischen nicht wetteifern; wir haben allerdings in den zoroastrischen Schriften, welche schon zur Zeit der alten Perserkönige existirt zu haben scheinen, eine Andeutung, daß man das chirurgische Messer regelrecht zu führen lernte, und es wird sehr naiv vorgeschrieben, die Kunst an Gläubigen erst dann auszuüben, wenn man seine Fertigkeit auf Kosten ungläubiger Kranker ausgebildet hat; auch finden sich gelegentlich in diesen Schriften etwa 20 Namen von Krankheiten, deren Bedeutung wir aber nicht genau kennen. Auch wird von Cyrus berichtet, daß er die vortrefflichsten Aerzte consultirt und nach ihren Vorschriften Medicamente habe bereiten und aufbewahren lassen, also eine Art Apotheke eingerichtet habe. Dagegen haben die Aegypter die Heilkunde schon früh auf einen hohen Stand gebracht, indem ihnen bei der Einbalsamirung der Todten Gelegenheit geboten wurde, im Innern des Organismus die Ursache der Krankheit zu finden. Der König Darius hatte daher auch ägyptische Aerzte, deren Kunst aber bei einer Gelegenheit scheiterte, so daß sie zum Tod verurtheilt wurden. Der griechische Arzt Demokedes aus Kroton heilte den König und erwirkte obendrein die Begnadigung seiner Collegen; es wurde ihm sogar die Gnade erwiesen, den königlichen Frauen als derjenige vorgestellt zu werden, der die Seele des Königs gerettet habe, und er erhielt von den Frauen als Honorar eine große Schale so angefüllt mit Goldstücken, daß sein Diener sich durch das Auflesen der beim Hinaustragen von der schwankenden Schüssel herabgleitenden Goldstücke eine ansehnliche Summe einsteckte. Als Demokedes die Gattin des Darius, die Tochter des Cyrus, Atossa, von einer Krankheit der Brust curirt hatte, erhielt er die Erlaubniß in seine Heimath zurückzukehren. Berühmt auch als Schriftsteller ist Ktesias von Knidos, der den König Artaxerxes Mnemon von der Wunde heilte, welche er in der Schlacht bei Kunaxa erhalten hatte, und siebzehn Jahre an dessen Hof weilte. Auch den Hippokrates suchte derselbe König in seine Nähe zu ziehn, aber weder Versprechen noch Drohungen konnten die Bewohner von Kos bewegen, ihren berühmten Landsmann ziehen zu lassen.

Der Anblick aller der Menschen, welche sich in der Audienzhalle befinden oder in ihrer Umgebung sich bewegen, ist durch die Abwechslung der Trachten ein sehr eigenthümlicher. Der König und die Großen des Hofes tragen die medische Kleidung, die sich beim König nur durch die Vorzüglichkeit des Stoffes auszeichnet; wir sehn aber auch Perser von altem Schrot und Korn, welche sich der weichlichen medischen Mode nicht gebeugt haben: sie tragen die wie eine schottische Mütze vorn überhängende Tiara, ihr Rock mit anschließenden Aermeln und ihre Beinkleider sind von Leder; das persische Schwert oder Messer hängt an einem Gehäng auf

der rechten Seite und das Ende der Scheide ist durch einen lose
hängenden Riemen um das Knie des rechten Beines befestigt; über
den Schultern liegt ein bis auf die Füße reichender Mantel, der
am Hals durch Bänder zusammengehalten wird. Dort steht an
der Spitze einer indischen Gesandtschaft ein Mann mit einem nach
hinten aufsteigenden kegelförmigen Hute, mit Perlschnüren und
einer Quaste geziert, den Körper in ein bis auf die Füße reichen=
des Kleid von Seide gehüllt und mit Armringen und Diamant=
schnüren um den Hals geschmückt. Dort wieder fällt uns der
jonische Chiton mit den Geißblatt= und Mäander=Stickereien auf,
zum Theil verdeckt von dem malerisch über eine Schulter angeord=
neten Mantel; daneben ragt der einen starken Fuß hohe spitze,
einer Nachtmütze gleichende Hut eines scythischen Häuptlings über
die Versammlung hervor, und der Baktrier schreitet in kurzen
Stiefeln und faltigen Pluderhosen einher; selbst einen Mohren be=
merken wir unter den Dienern des Darius, mit einem Leoparden=
fell wie in seiner Heimath bedeckt, dessen Glanz durch die schwarze
Haut ebenso gehoben wird, wie der weiße Teint des Mazendera=
niers durch dessen langes schwarzes Haar und seinen schwarzen
Rock von Schaafwolle. Dort drängt sich aus der Menge ein
Mann mit etwas kurzen Beinen hervor, dessen Gesichtstypus mit
der stark gebognen Nase, den feinen sinnlichen Lippen, den leiden=
schaftlichen tiefliegenden Augen, dem üppig über der Stirn wuchern=
den schwarzen Krollenhaar wir zu Hause oft begegnet sind; er
trägt ein buntes Kleid und Sandalen, das Haupt nur von einer
schmalen Binde umschlungen; er ist ein Abgesandter des hohen
Priesters, welcher dem Darius über den Fortgang des Tempelbaues
in Jerusalem Bericht zu erstatten hat.

Gleich beim Eintreten in diese gemischte Gesellschaft wird
uns ein Sitz angewiesen und es wird uns eine Art von Frühstück
servirt, bestehend in Süßigkeiten, welche ein Diener aus einer
goldnen Schale in einen Löffel füllt; dann wird ein Tuch über

unſre Knie gebreitet und ein kühles Getränk gereicht. Darauf wäſcht man uns Hände und Bart mit Roſenwaſſer, und eine Rauchpfanne mit aromatiſchen Harzen wird uns unter das Kinn gehalten (vgl. Sir R. Ker Porter, Travels II, 250).

Der Chiliarch mit ſeinem Stock in der Hand willfahrt nun endlich unſrer Bitte und ſtellt uns dem König vor, der als Zeichen der Erlaubniß hiezu ſein goldnes Scepter nach uns hin ſenket, wie der König Ahaſuerus vor der ſchönen Eſther. Zunächſt müſſen wir uns bequemen, vor der Majeſtät niederzufallen; dann erheben wir uns und halten die rechte Hand vor den Mund, damit unſer Hauch nicht das Antlitz des Königs berühre, das freilich ziemlich außer Schußweite liegt. Die Worte der Anrede würden nicht allein des Darius Titel als Herrſcher's ſo vieler Länder und Königs der Könige, ſondern auch die Erwähnung ſeiner göttlichen Würde begreifen müſſen, ebenſo müßten ſie, um uns und unſerem Gebieter die volle Gunſt des Angeredeten zuzuwenden, eine Auf= zählung der Geſchenke enthalten, welche unſre Karawane nach Per= ſepolis mitgeführt hat. Der König der Könige dürfte dann An= ordnung treffen, daß uns, wie manchen Fürſten oder Geſandten ſeiner Zeit, etwa folgende Gegengeſchenke übermacht würden: ein mediſches Purpurkleid, ein Prachtzelt mit geſtickten Blumenorna= menten, ein ſilberner Seſſel und vergoldeter Sonnenſchirm, goldne mit Steinen beſetzte Schalen, eine goldne Kette, goldne Armringe, ein Säbel und ein Schimmel von niſäiſcher Zucht aus dem könig= lichen Marſtall.

Haben wir uns unſres Auftrags mit Hülfe des Dolmetſch entledigt, ſo wird uns außer den Geſchenken an unſern Monarchen noch die Erlaubniß zu Theil, an dem Bankett Theil zu nehmen, welches heute zur Feier des Mithrafeſtes in der großen Feſthalle ſtattfinden ſoll. Dieſe Feſthalle ſtand noch nicht zu Darius Zeiten, indeſſen dürfen wir uns dieſen kleinen Anachronismus erlauben und den Schatten des Königs nöthigen, uns zu Liebe das Ge=

bäude seines Sohnes zu betreten; wenn unser historisches Zartgefühl dadurch beleidigt würde, so können wir uns auch verstellen, wir wären sammt dem König und dem Hof durch irgend einen morgenländischen Zauber — freilich auch ein unhistorisches Auskunftsmittel — nach Susa versetzt; hier stand eine der persepolitanischen ganz ähnliche Halle von Darius, und wir würden uns dann an dem Ort befinden, wo die schöne Geschichte von Ahasuerus und Esther spielt.

Wenn man die jetzigen Ruinen der Halle von Persepolis betrachtet, so wird man alsbald bemerken, daß die Säulen bei ihrer großen Schlankheit zu weit von einander stehn, um eine steinerne Decke tragen zu können. Es folgt daraus, daß die Decke der Halle von Holz war. Die Säulen aber dienten außer zum Tragen der Balken auch dazu, die Enden von Stangen auf ihre Capitäle zu legen, an die mittelst silberner Ringe große Teppiche aufgehängt wurden, welche die Halle selbst von den drei Portiken oder Vorhallen trennten. So verstehn wir die Stelle des Buches Esther (Cap. 1, V. 6) „da hingen weiße, rothe und gelbe Tücher, mit leinenen und scharlachnen Seilen, gefaßt in silbernen Ringen auf Marmelsäulen."

Die Perser sind keine starken Esser und der gemeine Mann ist außerordentlich frugal; selbst die königliche Tafel wird man nicht übertrieben besetzt finden, wenn man bedenkt, daß man von den vielen Sorten Fleisch oder Gemüsen doch nicht alle versuchen kann, und daß auch die Durcheinanderschüttung verschiedner Oele oder Gewürze nur in beschränktem Grade stattfinden kann. Der eigentliche Luxus der Tafel besteht in der Ausschmückung derselben mit prachtvollen metallenen Geräthen — Gefäße von anderm Material sind ausgeschlossen —; gleichwohl kann sich der gemeine Mann, der an sein mit Wasser und Oel gemischtes Brot mit Schwarzkümmel, Salz und gebratnem Fleisch gewöhnt ist, leicht den Magen verderben; denn wenn man auch wenig Hauptspeisen

zu sich nimmt, so werden desto mehr Süßigkeiten als Dessert auf=
getragen. Man sagt, die Griechen gingen hungrig vom Tisch,
weil sie nach der Mahlzeit kein Dessert bekämen; noch heute ver=
zehren persische Gourmands mehrere Stunden lang süße Schlecke=
reien nach der Mahlzeit, und man erzählt uns, daß im ganzen
Reich nach ausgesuchten Leckerbissen geforscht wird, und daß der
König eine neue ihm behagende culinarische Erfindung reich be=
lohne.

Welchen Eindruck der Luxus einer persischen Tafel auf die
Griechen, speciell auf die durch ihre ländlich primitiven Speisen
berüchtigten Spartaner gemacht hat, davon hat uns Herodot eine
Anekdote aufbewahrt: der spartanische König Pausanias hatte Ge=
legenheit, eine von persischen Köchen hergerichtete Mahlzeit mit
allem prachtvollen Geräth mit einer von seinen eigenen Leuten
veranstalteten zu vergleichen, und er fühlte sich gedrungen seinen
Landsleuten zu sagen: 'ich habe euch rufen lassen, griechische Män=
ner, um euch die Thorheit des Königs von Persien zu zeigen, der
ein solch herrliches Leben verläßt, um zu uns armseligen Menschen
zu kommen.' Wie es hier dem Pausanias, so ging es später dem
persischen König Ochus; als die Aegypter sich gegen die Perser
empörten und mit einem König an der Spitze gegen ihre Beherr=
scher zogen, wurden sie besiegt, und der gefangne König wurde
von Ochus zum Mahl eingeladen. Als der Gefangne die glän=
zende Ausrüstung bemerkte, lächelte er und sagte: 'wenn du wissen
willst, wie ein glücklicher König zu tafeln pflegt, so erlaube meinen
Köchen, dir eine ägyptische Mahlzeit anzurichten'; worauf Ochus,
nachdem er eine solche gekostet, ausrief: 'so mögen dich, Aegypter,
die Götter verderben, daß du solche Gastmähler verlassen und nach
unsern magern Mahlzeiten gestrebt hast,' eine Geschichte, mit wel=
cher eine Anecdote von dem Aegypter Tachos in Widerspruch steht,
der daheim sehr mäßig lebte, in Persien aber, zu luxuriösem Essen
genöthigt, an Dysenterie starb. Der griechische Comödiendichter

Menander schätzt in seinem Lustspiel 'die Trunkenheit' die Kosten eines im höchsten Grade verschwenderischen Banketts mit Tänzerinnen, Musik, Salben und Räucherwerk auf fast ein Talent, d. h. 1375 Thaler; dem König der Perser kostete dagegen täglich die Speisung seines Hofes vierzig Talente, also 55,000 Thaler.

Gewöhnlich speist der König allein, zuweilen nur mit seiner Gemahlin und einigen Kindern; Artaxerxes zog auch seine Mutter zur Tafel, und sie saß dann über ihm, während die Frau unter ihm Platz nahm. Heute aber gibt Darius ein Gastmahl für die Großen des Hofes, und eine Anzahl speist in demselben Raume wie der König, nur durch einen Vorhang von ihm getrennt; namentlich werden die zwölf sogenannten Tischgenossen nach dem Essen zu ihm entboten, damit er nicht allein zu trinken braucht. Der König liegt auf einem Lager mit übergoldeten Füßen, die Gesellschaft aber auf Kissen am Boden, und zwar so, daß der am meisten zu ehrende unter ihnen sich dem König auf der linken anschließt, weil die linke Seite mehr Gefahren ausgesetzt ist als die rechte; der folgende liegt rechts, der dritte wieder links, und so fort. Die Perser haben Anfangs wie die Helden Homer's gesessen, nicht gelegen; diese Sitte lernten sie erst durch die Eroberung der Reiche der Lyder und Meder kennen; indessen blieb der Stuhl, wie wir gesehn haben, der feierliche Sitz des Königs, und auch die Königinnen bedienten sich stets der Sessel. Es ist Sitte, mit gesenktem Blick zu essen. Die Tafel wird nun unter der Leitung von Intendanten des königlichen Hauses in einer solchen Fülle angerichtet, daß sehr beträchtliche Reste an die Hofdiener gelangen, auch die Hunde bekommen dabei ihre Ration. Wenn uns der König besonders ehren will, so schickt er uns eine Schüssel von seinem eignen Tisch. Die Gäste wie der König werden vor der Mahlzeit bekränzt, und für die Anfertigung von Blumenschmuck gibt es besondere Diener. Die Pracht der persischen Tafel war im Alterthum berühmt, wie jedermann aus Horaz weiß; es waren

gewiſſe Landſtriche oder Städte verpflichtet, die bei ihnen in vor=
züglicher Qualität vorkommenden Producte für die Hofküche zu
liefern. Die Tafel ſehn wir mit werthvollen Decken geziert und
von Gold= und Silbergefäßen, Kondy, Labronien, Batiakien, Tiſi=
giten, Sannakren und andern Arten von Bechern und Schalen
ſchimmernd, viele Thiere, Wildpret und Geflügel, deren täglich
viele hundert geopfert, d. h. geſchlachtet werden, kommen tranchirt
auf die Tiſche. Die Könige pflegen mit anerkennenswerthem Pa=
triotismus nichts ausländiſches zu eſſen, und als ein Diener dem
Xerxes attiſche Feigen zum Deſſert vorſetzte, ſoll er ihm die Wieder=
holung verboten haben. Es läßt ſich aber freilich nicht viel leckeres
denken, was nicht aus Mitteln des großen Reiches hätte zubereitet
werden können.

Betrachten wir uns nun die Gerichte, welche auf der mächtigen
Tafel in der Mitte der Halle als einem Schenktiſch aufgeſpeichert
ſind, des näheren, ſo finden wir etwa folgende Speiſekarte.
Die mit Safran gefärbten Brote und Kuchen ſind von dreierlei
Sorten Weizenmehl, von welchem das vorzüglichſte aus ägyptiſchem
und äoliſchem Weizen aus Aſſos gemahlen wird, von dreierlei
Gerſtenmehl und von Hafermehl gebacken; wir bemerken verzuckerte
Käſematten, Klöße von Gerſtengraupen und Mehl, mit bittrer
Sauce von mediſcher Kreſſe; auch Senf und Kapernſauce fehlt
nicht. Von Braten ſtehn uns zur Wahl bereit Hammels=, Läm=
mer=, Rinds=, Hirſchbraten; einige Gerichte werden uns als Eſels=
und Kameelfleiſch bezeichnet und es wird uns verſichert, daß dieſe
Thiere unzerſtückt wie die Krönungsochſen gebraten werden. Wir
erkennen auf der Tafel ferner Gänſe, Turteltauben, Strauße, Hähne
und allerlei Geflügel; Zwiebeln und Knoblauch, ſogar die Asa
foetida, welche noch jetzt Bewohner von Siſtan an alle Speiſen
thun, verſchmäht der Perſer nicht als Würze; der Schauder, mit
welchem bei der Nennung der Asa foetida unſer Magen erbebt,
wird von unſerm Nachbar bemerkt, und er tröſtet uns damit,

daß wir durch die Bezeichnung Silphium, welche der griechische Dolmetsch gebrauchte, irre geführt seien, denn was er so benannt habe, sei in der That ein nicht zu verachtendes Manna von Kameeldorn, welches nicht nur wohlschmecke, sondern auch für die Gesundheit zuträglich sei. Pfeffer scheint seinen Weg aus Indien nach Persepolis noch nicht gefunden zu haben, wenigstens vermissen ihn unsere griechischen Gewährsmänner. Wir finden ferner äthiopischen Kümmel und Schwarzkümmel, Anis, Rosinen, Sesamkörner, Rettige und Rüben mit Salz angemacht, Eppichsaamen; an Oelen besteht eine ziemliche Auswahl: Sesamöl, Terebinthenöl, kermanisches Akanthusöl, Oel von frischen und getrockneten süßen Mandeln, Oel aus persischen Eicheln, sowie Butter, von unserm griechischen Dolmetsch als Milchöl bezeichnet, eine Erfindung der steppenbewohnenden Scythen.

Nachdem nun durch den Anblick, respective Duft aller dieser auf der Schenktafel aufgestapelten Genüsse unsre Zungen und Gaumen lüstern gemacht werden, lassen wir uns, um endlich zugreifen zu können, durch unsern Begleiter die Art auseinandersetzen, wie man sich beim Essen zu benehmen hat, denn wir sehen zu unserm Erstaunen keine Messer und Gabeln, nicht einmal Stäbchen, wie sie die Chinesen zwischen ihre Finger nehmen, neben unsern Tellern liegen, und Löffel befinden sich nur in den Händen der Diener zum Ausschöpfen der Flüssigkeiten. Um die große Tafel in der Mitte der Halle, auf welcher die Köche, Vorschneider, Tafeldecker und andere Diener die Speisen in verdeckten Schüsseln zurechtmachen, stehen viele etwa einen Fuß hohe Schemel, um welche herum Kissen gespreitet sind; die Kissenbereiter sind so geschickt in ihrer Kunst die Polster nach Bequemlichkeit anzuordnen, daß man in Persien behauptet, die Griechen verstünden nichts von derselben. Mitten auf dem Schemel steht eine Metallschüssel mit einem kleinen Gebirge von steifem Brei, um sie herum für jeden Tischgenossen tiefe Teller mit bereits geschnittnem Fleisch und andern festen Speisen, neben ihnen Brote. Die Diener bringen Waschbecken und Tücher, um unsere Hände zu reinigen, und dann verbergen wir die linke Hand in den Falten unsres Kleides, und auf ein gegebnes Zeichen biegen sich alle Rücken, und alle Blicke concentriren sich auf den Angriffspunct, indem die rechte Hand beginnt, in den vor uns ragenden Berg einzudringen. Man bohrt mit den vier Fingern in denselben hinein und belädt den Daumen mit möglichst großen Fragmenten des steifen Breies; die festen Speisen auf dem Teller schiebt man mit Geschick auf das Brot und führt sie so zum Mund, daß die Lippen niemals von den Fingern berührt werden. Sollte unser Ungeschick hiegegen verstoßen oder sollten unsre Finger beim Auftunken der Sauce befleckt werden, so liegen Servietten zur Beseitigung des Schadens bereit. Die Vorstellung, daß alle Speisen ohne die Hülfe von Instrumenten zum Munde geführt werden, verliert gänzlich ihren unappetitlichen Anschein, wenn wir die Zierlichkeit und das Geschick bemerken, womit die Perser verfahren; jedoch werden wir uns schwerlich dem Beispiel unsrer Tischgenossen anzuschließen vermögen, wenn sie ihre Anerkennung für die ihnen vom Wirth aufgetischten Genüsse und die äußerste Grenze des möglichen in Aufnahme derselben durch einen sehr vernehmlichen aus dem Magen kommenden Tone zu bezeigen sich beeilen (Oppert, Expédition en Mésopotamie I, 248. Ker Porter, Travels I, 237).

Die trocknen Speisen der Hauptmahlzeit erzeugen keine Scherze und keine improvisirten Gelegenheitsverse; diese kommen nur aus dem was den Sinn von dem gewöhnlichen Geleise der Gedanken ab — und auf die beweglichen Gebilde der Phantasie hinleitet; ohne Dionysos keine Comödie; 'der Wein ist der Glättstein des Trübsinns, der Wetzstein des Stumpfsinns; der Bretstein des Sieges im Schach'. Die vielen edlen Gewürze, welche über unsre Zunge geglitten sind, verlangen ein kühles Naß, und auch dafür ist an der königlichen Tafel ausreichend gesorgt: das Dessert, welches länger als die Mahlzeit selbst dauert, und zu welchem wir jetzt nach nochmaliger Waschung der Hände schreiten, besteht aus allen Arten Confect von Mehl, Honig, Früchten u. dgl. Die meisten köstlichen Obstsorten, welche unsre europäische Tafel schmücken, stammen aus Asien, und vorzugsweise aus dem Gebiet des alten persischen Reiches: Apfelsinen, Pfirsich mit der feinern Sorte der Aprikosen, Quitten, Kirschen, Citronen — sowohl das Citronat wie die Limone, welche wir Citrone nennen — Melonen, Feigen, Pflaumen, Mandeln, getrocknete Datteln, welche indessen Kopfweh verursachen sollen; besonders Terebinthen oder Pistazien sind ein altes Lieblingsobst der Perser und Astyages nannte sie spöttisch Terebintheneffer, wie uns der Franzose Sauerkrauteffer zu schelten pflegt. Ein in seinen Bestandtheilen uns unbekanntes Gericht, Hirn des Zeus oder Hirn des Königs genannt, ist so beliebt, daß sein Name für die Bezeichnung des köstlichsten und besten gebraucht wird. Zu diesen Süßigkeiten haben wir nun eine Auswahl von Getränken, welche von den Dienern des Intendanten der Eisgruben mit Eis gekühlt sind: eine Art Sorbet von Körnern des medischen Apfels oder des Citronats, Most, Palmwein und Rebensaft funkeln in den Trinkschalen. Wir finden Wein aus Chorasan, der sich in ungepichten Fässern bis in die dritte Generation hält, aus Merw, wo mehrere Fuß lange Trauben producirt werden, aus Kerman, woher noch später die Römer ihre karamanische Rebe holten, auch griechische Weine sind auf Empfehlung der griechischen Aerzte vorhanden. Wir werden von Seiten der Perser durch Worte und Vortrinken zu reichlichem Genuß angehalten. Der König läßt sich von seinem Mundschenk in einem goldnen Becher in Gestalt eines Ei's Wein aus Chalybon oder Aleppo kredenzen; der rosige Mund des Knaben muß aus Besorgniß vor Gift zuerst den Wein kosten, und er mundet dem Darius so sehr, daß er von der Erlaubniß, sich am Fest des Mithra berauschen zu dürfen (Gebrauch) machen würde, wenn seine robuste Natur nicht standhaft wäre (Athenaeus Deipnosophistae X, 434ᵈ). Wir wissen ja auch von seinem Vorgänger Kambyses, daß er nach unmäßig eingenommnem Wein dem Prexaspes, der ihm das Tadelnswerthe des Trinkens vorstellte, dadurch seine Unüberwindlichkeit zeigte, daß er mit nicht zitternder Hand das Herz seines Sohnes mit einem Pfeil durchbohrte. — Die Mundschenke tragen weiße Kleider und goldnen Schmuck, und reichen uns die Schale auf drei Fingerspitzen. Der Archimagus, der schon bei der Mahlzeit sich des Fleisches der getödteten Thiere enthalten hat, sitzt auch jetzt da, ohne Wein anzurühren; er hält sich an das frische und leichte Wasser, welches aus dem Choaspes bei Susa kommt, und welches noch heute im Morgenland wegen seines Geschmacks berühmt ist. Der König schätzt dieß Wasser so sehr, daß er es selbst auf weiten Reisen oder auf Kriegszügen abkochen und in silbernen Gefäßen auf Wagen mitführen läßt.

Jetzt erscheinen auch Musikanten und Tänzerinnen, um die zur normalen Digestion nöthige Ruhe nicht ohne Kunstgenüsse zu lassen. Die persische Musik ist bereits weit über die kindliche Stufe, auf welcher nur mit Klopfinstrumenten ein geordneter Lärm hervorgebracht wird, hinausgeschritten, hat sie doch Gelegenheit gehabt, die Schule ägyptischer und lydischer Künstler durchzumachen, wie sie später ihrerseits die Lehrmeisterin der arabischen Musik wurde. Zuerst tritt ein Sänger oder Angares auf, welcher ein Saiteninstrument mit einem Plectron von Knochen spielt, ähnlich wie die Cither, die Kinnor der Hebräer oder das Bambirn der Armenier, und dazu in einem Lied die Schlacht besingt, in welcher Cyrus an der Spitze seiner Tapfern den König der Schlangendynastie besiegte und die Herrschaft über Asien auf das Haus der Achaemeniden übertrug. Alsdann lösen Mitglieder des königlichen Frauengemachs den Sänger ab und führen nach einem Präludium auf der Pfeife einen Reigen auf, indem sie sich selbst mit Händeklatschen und mit den Tönen von Cymbeln, den alten

Inſtrumenten der Korybanten und der ägyptiſchen Tempelfrauen, mit dem Hackbret oder Pſalter, mit der vierſaitigen ſyriſchen Sam= byke oder der thrakiſchen Magadis und Flöten begleiten. Zwiſchen den Tänzen wird ein Geſang eingelegt, bei welchem eine Vorſän= gerin die Melodie angibt und der Chor einfällt. — Der Satrap von Babylonien, Annaros, hatte einen Chor von 150 Künſtlerin= nen, welche bei Tafel zum Saitenſpiel ſangen; als die Parther den Craſſus beſiegt hatten, improviſirten ſolche muſikaliſche Damen oder Barzas Spottlieder auf den römiſchen Feldherrn; dem Par= menio aber fielen in Damaskus nach der Niederlage des Kodo= mannus ihrer 329 in die Hände.

Wenn uns ſtatt dieſer Ohr= und Augenreize eine Motion in friſcher Luft angenehmer erſcheint, ſo treten wir aus der Halle in den Paradeiſos oder Garten, welcher ſich in der ganzen Breite des Gebäudes und bis zu der Anfangs durchſchrittenen Pforte aus= dehnt, und hier erquickt uns das eintönige aber lebendige Spiel der Waſſerkünſte, welche aus einem am Gebirg quillenden Brunnen mittelſt unterirdiſcher ſteingewölbter Canäle geſpeiſt werden. Mäch= tige Bäume vermiſſen wir, und nur an den Treppen ſtehn in großen Gefäßen Cypreſſen, die Bäume des heiligen Feuers, deren Zweige wie die Flammen nach oben ſteigen; aber in der auf dem Felsboden der Terraſſe aufgetragnen Gartenerde duften die ſchönſten Blumen, Roſen, die aus dem Blut des Adonis entſproſſenen Sym= bole der Liebe, die Sonnenblume des Mithra, Crocus, die Blume der Wieſen, wo die Unſterblichen mit den Töchtern der Menſchen der Liebe pflegten, Lilien, Hyacinthen, Kaiſerkronen, Aloe, Hahnen= kamm, Veilchen, Narciſſen, Geißblatt, das maleriſche Akanthus= geſträuch, und der dionyſiſche Eppich rankt ſich an den Marmor= wänden der Pforte empor. Der Garten iſt durchaus regelmäßig, der geradlinigen Architektur entſprechend nach dem Quincunx, wie der Römer ſagt, angelegt. Das ganze iſt von einer Hecke von Philadelphon umgeben, einer in Parthien beimiſchen, dem Jasmin

ähnlichen Pflanze, deren Zweige man netzartig in einander schlin=
gen und in ein lebendiges undurchdringliches Flechtwerk verwan=
deln kann.

Mittlerweile hat der König die Tafel aufgehoben, und die zu
Ehren seiner Trinkgenossen berufnen Großen begrüßen mit Freuden
die Aufforderung ihres Fürsten, die weinschweren Köpfe ins Freie
zu tragen und nach dem Untergang der Sonne die erquickende
Kühle des Abends zu genießen. Die Rosse werden gezäumt, der
König besteigt das seinige mit Hülfe eines Schemels, und sie
reiten an den präsentirenden Leibgarden vorbei die marmorne Frei=
treppe hinab durch die eine Strecke weit vom Palast gelegene
Hauptstadt, voran die Vorläufer und berittenen Stabträger. Jeder
ihnen begegnende Reiter muß vom Roß steigen, und Fußgänger
ziehen den Hut ab und fallen vor dem König nieder um anzu=
beten. Jenseits der Stadt steigen die senkrechten Wände des Ge=
birges auf, und eine vorspringende Gruppe von Marmorfelsen
haben die Achaemeniden zu ihren Grüften ausersehen. Darius
hat den Spazierritt gerade nach diesem Punct unternommen, weil
nach Vollendung seines Palastes die Sorge für seine zukünftige
Wohnung ihm zumeist am Herzen liegt. Der bleiche Tod klopft
an die Hütten der Armen und an die Thürme der Könige, und
mit aller ihrer Macht vermögen die letztern nur, ihren Staub
in wohlverwahrten Behältern einige Jahrhunderte länger aufbe=
wahren zu lassen, als es den Ueberresten andrer Menschen in den
Fosses communes beschieden ist. Wenn der Mensch über die Frage
nachdachte, was aus ihm werden soll, wenn der Stillstand aller
Functionen des Organismus eingetreten ist, den wir Tod nennen,
so wird es ihm schwer sich von dem Gedanken los zu machen, daß
das Bewußtsein der Existenz in gewisser Weise noch mit dem todten
Körper in Verbindung bleiben werde, und diese Annahme findet
bei ihm durch den Glauben an eine Auferstehung oder Rückkehr
ins Leben Unterstützung, denn die meisten Völker, welche einiger=

maßen gebildete Religionen besitzen, haben schon früh von der Beobachtung der immer aufs neue in die Nacht des Schatten=reiches hinabsteigenden und am Morgen wieder aus ihm empor=leuchtenden Sonne den nahe liegenden Schluß auf den Menschen gemacht. Die Seele des Menschen gelangt nach dem Tod in eine unterirdische Gegend, in einen Ort der Ruhe und völligen Gleich=heit; hier sind Könige und Bettler gleich, ruhig, aber kraftlos, gliedlose Schatten, nervenlose Hauche. Das ungewisse dieses Zu=standes und das Gefühl, machtlos einem solchen Schattendasein, welches gleichweit von den Freuden des Paradises wie von der Lust des Lebens entfernt ist, verfallen zu müssen, hat, von priester=licher Einschüchterung unterstützt, zuweilen ganze Nationen, sogar ihre gebildeten, mit der nur dem religiösen Wahn eigenen finstern Gewalt verfolgt, sodaß ihnen die Fürsorge für die Wohnung der Schatten mehr als das Leben auf Erden am Herzen lag. Es scheint, daß in den Länderstrecken, wo in uralter Zeit hamitische Bildung sich ausbreitete, in Babylonien, Aegypten, Nordafrika bis auf die canarischen Inseln, der Glaube existirt hat, daß die Auferweckung an die Conservirung des Leichnams gebunden sei, weßhalb wir in allen diesen Landstrichen die Einbalsamirung oder Mumificirung finden, die zuweilen in Fetischismus ausartet; und auch die Perser haben die Sitte der Einbettung der Leichen in Wachs oder Mumie aus Babylonien angenommen, während ihre sonstigen arischen Stammverwandten, Inder, Meder, Griechen, Slaven, Celten u. a. keinen Werth auf die Conservirung der Leiche legen und sie in die Erde verscharren oder verbrennen. — Gemäß den eben berührten Ideen ist demnach das ewige Haus des Perserkönigs als eine Wohnung mit der beweglichen Habe, Waffen und Kleidern versehen, eingerichtet, fest und dauerhaft, um den Stürmen der Zeit bis zum Ablauf der großen Weltperiode zu trotzen.

Wir können uns von den Grüften der Achaemeniden, welche

faſt bis auf die Details einander gleich ſind, leicht eine Vor=
ſtellung machen. Denken wir uns eine ſenkrechte Felswand, und
in dieſer eine in einer Höhe von 60—70 Fuß über dem Thal=
boden beginnende kreuzförmige Eintiefung von 14 Fuß Tiefe und
etwa 100 Fuß Höhe. Dieſes Kreuz zerfällt naturgemäß in drei
Theile: einen oberſten und unterſten und den breitern Mitteltheil;
die Kreuzflügel ſind etwa halb ſo breit als der Stamm des Kreuzes
oder der obere und untere Theil, ſo daß der ganze 53 Fuß breite
Mitteltheil doppelt ſo breit iſt wie die beiden andern. Dieſe
letztern, der obere und untere Theil, ſind aber etwa um ein Fünf=
tel breiter als ſie hoch ſind. Der untere Theil, der alſo etwa
33 Fuß hoch iſt, iſt glatt behauen, ohne weiteren Zierrath. Der
mittlere breite Theil iſt faſt ebenſo gehalten wie die Façade des
Dariuspalaſtes in Perſepolis; aus der Wand ſpringen von ſieben
zu ſieben Fuß vier Halbſäulen hervor, wie das ganze aus dem
Felſen gemeiſelt. Ueber dieſen Säulen liegt ein dreifaches Gebälk,
das oberſte mit dem ſogenannten Zahnſchnitt geziert. Ueber dem
Architrav ſteht am Karnies in der Mitte ein Pflanzenornament,
der weiße Haoma, welcher Unſterblichkeit verleiht, zu beiden Seiten
je acht Löwen hintereinander. Zwiſchen den beiden mittleren
Säulen liegt die Grabpforte mit einer in einer Curve ausladenden
Korniſche geſchmückt, wie in Aegypten; ſie iſt aber blind, und zum
Hereinbringen des Leichnams iſt nur eine 4½ Fuß hohe Oeffnung
am Boden derſelben gelaſſen, die nach der Beiſetzung wieder ver=
mauert worden war. Im oberſten Theil des Kreuzes iſt eine
Eſtrade gemeiſelt, deren doppelte Bühne von je vierzehn Männern
mit erhobnen Armen getragen wird, die Kanten wie an der Eſtrade
des Thronſaales geziert, und oben in den Kopf eines Ungeheuers
endend. Auf ihr ſteht links der König auf drei Stufen, den
Bogen in der linken, die rechte anbetend erhoben. Rechts ſteht
auf drei Stufen ein Altar mit dem heiligen Feuer, und ganz
oben ſchwebt die Gottheit, ein mit Schwingen und Steuer des

Adlers versehener Ring, aus welchem von der Hüfte an eine Figur mit medischem Kleid und Diadem hervorragt, in der rechten den Kranz haltend, die linke segnend erhoben. Rechts in der Ecke, im Osten, sieht man die Kugel der Sonne. Der Sinn dieser Anordnung ist klar. Der unterste glatte Theil des Kreuzes ist die Mauer oder Terrasse, auf welcher der Palast steht, von dessen Façade der mittlere Theil der Gruft ein Abbild sein soll. Das obere Stockwerk, bei dem Palast offenbar aus Holz aufgebaut und deßhalb in Persepolis längst verschwunden, erscheint im obersten Theil der Kreuzform, und der versteinerte Schatten des Königs ist auf das flache Dach gestiegen, um das Licht der Sonne und ihr irdisches Abbild, das heilige Feuer, zu begrüßen. Auf hohen Orten beteten die Perser die Gottheit an, und hier über der Gruft begrüßt dieselbe, im lichten Aether schwebend, den König auf seinem Weg vom Palast in das Paradis.

Das Innere der Grüfte ist verschieden; im allgemeinen findet man Grabnischen mit viereckigen Vertiefungen im Felsen, welche mit Steinplatten zugedeckt waren.

Der König Darius betrachtet die Arbeiten seiner persischen und griechischen Bildhauer und Steinmetzen, welche auf schwindelndem Gerüst mit unermüdlichem Meisel bereits so weit gediehen sind, daß die Grabinschriften in Keilbuchstaben auf die glatten Wände zwischen den Halbsäulen und hinter der Figur des Königs in Angriff genommen werden können. Wenn nun den Darius eigenthümliche Gedanken beschleichen bei der Vorstellung, wie er in Wachs einbalsamirt mittelst Winden vom Gipfel des Felsens herabgelassen und in den dunklen Berg gelegt werden sollte, aus dem selbst sein Schatten nicht heraustreten konnte, ohne sich an dem Fels den Kopf zu zerschellen, so ahnte er doch nicht, daß er vor seinem im 63. Lebensjahre erfolgten eigenen Hintritt seine Eltern gerade aus Veranlassung der Vollendung seiner Gruft auf eine schreckliche Weise verlieren sollte. Um die Gruft in der Nähe zu betrachten, ließ sich Hystaspes mit seiner Frau an Stricken auf die schmale Platform vor dem Eingang der Gruft hinabwinden, und eine große ahrimanische Schlange setzte die Männer, welche die Winden handhabten, in Schrecken, so daß sie dieselben aus der Hand fahren ließen, und beide Eltern des Königs von der jähen Höhe zerschmettert herabstürzten.

Wir aber überlassen den Darius seinen Gedanken, wenden unsere Schritte unbemerkt von diesen Felsen, dem Todtenhof der Gebern, wie sie das Volk nennt, hinweg, und weil doch der ganze für diesen Tag heraufbeschworene Spuk um die Mitternachtstunde hinter den verödeten Trümmern von Persepolis verschwindet, so reiten wir nach Schiras, dem Paradis am Roknabade, wo die Nachtigallen in den Rosengebüschen flöten und wo beim Schein der Lampe ein Lied des Hafis über den Bechern voll perlenden Schiraser's, den der freisinnige persische Wirth trotz des Koran's keltert, uns einladet, die Weltnoth zu vergessen, in welcher Achae=meniden und Cäsaren vergangen sind:

„Komm Schenke, tränke mich mit Wein, du findest nicht im Paradis den Wasserspiegel Roknabad's noch auch Mosella's Rosenstrand."

Druck von Gebr. Unger (Th. Grimm) in Berlin, Schönebergerstr. 17 a.